Quentin the Quarter on tithing
Quentin la monedita del diezmo

Story by Lisa Dixon-Todd

Illustrations by Megan Lynn Raedy

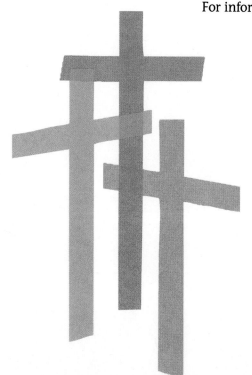

Thanks

Special Thanks to my amazing husband for encouraging me, cheering me on and believing in me for going for my dreams.

For my amazing illustrator Megan Lynn Raedy who I can't say enough about her talents.

For our friends in Costa Rica Tyler and Marjorie Burke for giving me suggestions on how to get all this accomplished and taking time to help with proofreading.

For my friends in Costa Rica Danny Alvarez Ramirez and Jordy Ramírez Montero for proof reading the spanish version.

For my awesome friend Celeste Horpel who sat with me for hours developing and designing the pictures.

For my amazing friend Janet Karcher for extending me grace on doing the PDF.

But most of all I want to thank God for putting this dream inside me to share his love with children all over the world.

I pray these books can be used for his glory and little children all over the world will know how much they are loved.

Agradecimiento especial a mi increíble esposo por animarme, y creer en mí para alcanzar mis sueños.

Para mi increíble ilustradora Megan Lynn Raedy que no tengo palabras suficientes para expresar acerca de sus talentos.

A nuestros amigos en Costa Rica Tyler & Marjorie Burke por darme sugerencias y tomar tiempo para ayudar con la corrección de textos.

Para mis amigos en Costa Rica Danny Alvarez Ramírez y Jordy Ramírez Montero por la corrección de la versión en español.

A mi maravillosa amiga Celeste Horpel quien se sentó conmigo durante horas desarrollando y diseñando las fotos.

Para mi increíble amiga Janet Karcher por extenderme Grace al hacer el pdf.

Pero más que nada quiero agradecer a Dios por poner este sueño dentro de mí para compartir su amor con los niños de todo el mundo.

Oro para que estos libros se puedan utilizar para su gloria y los niños pequeños por todo el mundo sabrán cuánto son amados.

"A generous man himself will be blessed, for he shares his food with the poor."

Proverbs 22:9

Proverbios 22:9
"un hombre generoso será bendecido, porque comparte su comida con los pobres."

Hello Friends, My name is Quentin and I am a quarter.

Do you know what a quarter is?

Well, in the United States of America there is a currency called dollars and cents. I fit into the cents category.

There are many different types of paper money but I am made of silver.

Hola amigos, mi nombre es Quentin y soy un centavo.

¿Sabes lo que es un centavo?

Bueno, en los Estados Unidos de América hay una moneda llamada dolar y centavos. Encajo en la categoría de centavos.

Hay muchos tipos diferentes de dinero de papel, pero estoy hecho de plata.

Silver is one of the precious metals that comes from the earth. I am worth 25 cents. It takes 4 of me to make $1.00.

I was not always so lucky.

See I was born in Philadelphia Pennsylvania but there are several other places that makes us.

When I was made, I fell off the table, rolled onto the floor and out the door.

Oh that was a terrible experience.

I rolled out the door into the busy street. There, I was run over by too many cars to count.

La plata es uno de los metales preciosos que viene de la tierra. Valgo 25 centavos. Se necesitan 4 de mí para hacer 1 dolar.

No siempre tuve tanta suerte.

Nací en Filadelfia, Pensilvania, pero hay otros lugares donde.

Cuando me hicieron, me caí de la mesa, rodé hacia el suelo y salí por la puerta.

Oh, esa fue una experiencia terrible.

Salí por la puerta hacia la calle llena de gente y carros. Allí, me atropellaron muchos carros, tantos que no podría contarlos.

One day a little girl named Molly was walking across the street and just happened to look down and see me laying there.

"Oh mommy look its money," said the little girl.

Her mom was in a big hurry but the little girl wanted the quarter so badly that she rushed ahead of her and scooped me up.

Un día una niña llamada Molly estaba caminando por la calle y miró hacia abajo y me vió tirado allí.

"Oh mami mira esa moneda", dijo la niña.

Su madre tenía mucha prisa, pero la niña quería el centavo asi que se agachó y me recogió.

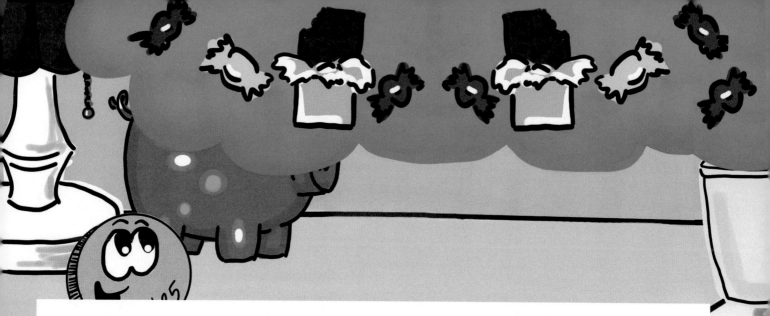

Quentin was glad she found him and he was now safe.

Quentin was pretty dirty from being out on that road for so long.

Molly took him home and washed him off and asked her mommy, "What can I buy with this money mom?"

Her mom replied, "Well honey that is not much money but if you put it in your piggy bank and save it and put it with your other money, you will have a lot of money later that you can buy something nice with."

"But I want to buy some candy now mommy," she cried. As she held tight to Quentin, he began to feel that he was very special. "I wonder what Molly will do with me?" said Quentin.

Quentín se alegró de ser recogido y ahora estaba a salvo.

Quentín estaba bastante sucio por estar en esa calle durante tanto tiempo.

Molly lo llevó a casa y lo lavó y le preguntó a su mamá "¿Qué puedo comprar con este centavo mamá?"

Su mamá respondió: "bueno, cariño, eso no es mucho dinero, pero si lo pones en tu alcancía y lo guardas y lo pones con el resto de tu dinero, tendrás un montón de dinero y más adelante podrás comprar algo bonito con él".

"Pero quiero comprar un caramelo ahora mami", gritó Molly. Mientras ella mantenia con firmeza a Quentín comenzó a sentir que era muy especial. "Me pregunto qué va a hacer Molly conmigo?" dijo Quentín.

"Oh Molly, lets sit down for a minute and have a talk," said mom.

So mom and Molly sat down on the big old sofa in the living room and mom began to explain to her about what God's plan is for money.

"Molly, God tells us to do certain things with our money so that we are good stewards of his money," explained mommy.

"Oh Molly, vamos a sentarnos un minuto a tener una charla", dijo la mamá.

La mamá y Molly se sentaron en el gran sofá de la sala y la mamá comenzó a explicarle Dios tenía planeado para el dinero.

"Molly, Dios nos dice que hagamos ciertas cosas con nuestro dinero para ser buenos administradores de él", explicó la mamá.

What are your prayers and how has Jesus answered?

¿Cuáles son sus oraciones y cómo ha respondido Jesús?

"Steward? — what does that mean mommy and why did you say his money, I found it?" questioned Molly.

Mom looked at Molly and said "Oh Molly there are so many things you must learn as you grow. A steward is a person who takes care of another persons property and doesn't let anything happen to it. See, God gives us everything, he gives us food, clothes, a home, jobs, friends, he gives us everything we need to live. He also gives us money to use for his kingdom," stated mom.

"¿Administrador? -- ¿Qué significa eso mamá y por qué dijiste que su dinero?" cuestionó Molly.

La mamá miró a Molly y dijo: "Oh Molly, hay tantas cosas que debes aprender a medida que creces. Un administrador es la persona que se encarga de manejar propiedades de otras personas y no dejan que nada les suceda. Mira, Dios nos da todo, nos da comida, ropa, un hogar, trabajos, amigos, nos da todo lo que necesitamos para vivir. Él también nos da dinero para usar en su reino", dijo la mamá.

Quentin's eyes got really big as he listened to mom speaking but by this time Molly was totally confused.

"Molly, I believe that God wants us to save 10% of our money, give 10% of our money and spend the rest for our needs. If you save for a rainy day, you will always have the money for an emergency."

Quentín estaba muy atento mientras escuchaba a la mamá hablar, pero en ese momento Molly estaba totalmente confundida.

"Molly, creo que Dios quiere que ahorremos el 10% de nuestro dinero, ese mismo 10% devolverlo a Dios y el resto utilizarlo para nuestras necesidades. Si puedes ahorrar para un día lluvioso, siempre tendrás el dinero para una emergencia."

"If you give your 10% back to God he will make sure that all your needs are met. You will always have plenty to live on if you live in God's will for your money," explained Mom.

"I wonder which part of this plan I will be?" thought Quentin. "The save part, the give part or the spend part."

"Mommy, what's a rainy day mean?" asked Molly.

"You are just full of questions today, aren't you Molly? Well, honey when you save money and something goes wrong you will always be sure that when you have a problem, you will have the money to fix it, that is why it's called a rainy day," said Mom.

"Oh, that sounds like so much fun mommy."

"Si devuelves el 10% a Dios, él se asegurará de que todas tus necesidades se cumplan. Siempre tendrás mucho para vivir si vives en la voluntad de Dios con su mandato sobre el dinero", explicó la mamá.

"Me pregunto qué parte de este plan iré a ser?" pensó Quentín. "La parte de guardar, la parte de dar o la parte del gasto".

"Mami, ¿qué significa un día lluvioso? " preguntó Molly.

"Estás llena de preguntas hoy, ¿no es así Molly? Bueno cariño, cuando ahorras dinero y algo sale mal siempre estarás segura de que cuando tengas un problema, tendrás el dinero para arreglarlo, es por eso que se llama un día lluvioso", dijo la mamá.

"Oh, eso suena interesante mami."

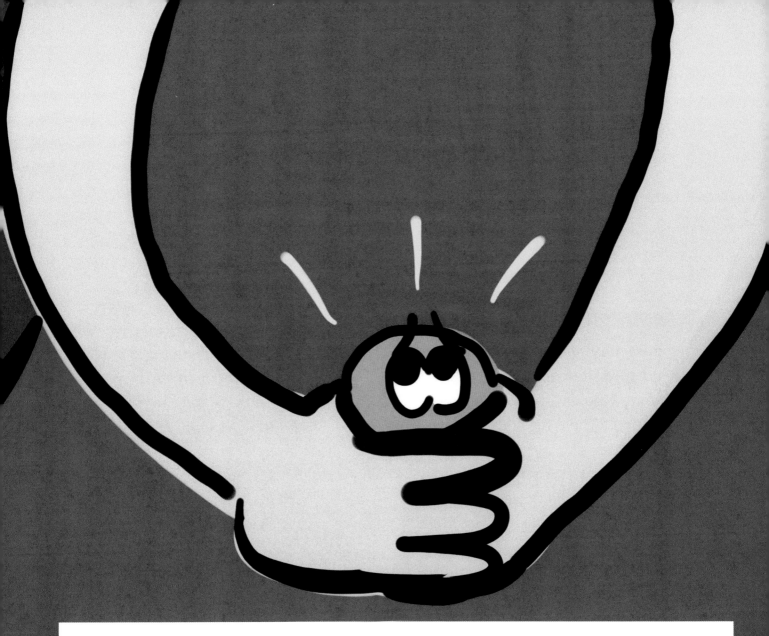

"I will save for my rainy day and I will give to God and then I will spend some for me!" she shouted.

Her grip on Quentin was so tight by now that he felt like he couldn't breathe.

"Voy a ahorrar para mi día lluvioso, voy a dar a Dios lo que le corresponde y luego voy a usar un poco para mí", gritó.

Agarró a Quentín tan fuerte que Quentín se sentía como si no pudiera respirar.

The next day was Sunday and the family prepared for church.

"Oh mommy how will I give my money to God? I don't know his address," questioned Molly.

"Oh Molly, that isn't a problem at all, we can just put it in the offering in church and the preacher will give it to God from there," mom explained.

Molly ran up to her room and grabbed her piggy bank and ran back to her mom as fast as she could. Quentin was right there in her hand as she grabbed for her piggy bank. She was so excited to give her money to God.

"What do you think God will do with my money mommy?" she questioned.

Al día siguiente era domingo y la familia se preparaba para ir a la iglesia.

"Oh Mami, ¿cómo le daré mi dinero a Dios? No sé su dirección", cuestionó a Molly. "Oh Molly, eso no es un problema en lo absoluto, simplemente lo ponemos en la canasta para las ofrendas en la iglesia y el predicador se lo dará a Dios", la mamá explicó.

Molly corrió a su habitación, agarró su alcancía y corrió de vuelta hacia donde su mamá tan rápido como pudo. Quentín estaba justo ahí en su mano mientras ella agarraba su alcancía. Estaba tan emocionada de darle dinero a Dios.

"¿Qué crees que hará Dios con mi dinero mami?" ella cuestionó.

"I don't know honey, maybe give it to people who take care of sick kids or maybe to families without jobs, or to places that feeds dogs and cats," said mom.

"Oh mom, I so much want to give it to God to help those people," she stated as they poured out all the money on the table.

Just then Quentin fell onto the table with all the other coins.

"Ouch, that hurt," he said. "I wonder which pile I will go into," he thought.

"No sé cariño, tal vez dárselo a la gente que cuida de niños enfermos o tal vez a las familias sin trabajo, o a los lugares que alimenta a los perros y los gatos", dijo la mamá.

"Oh mamá, yo quiero dárselo a Dios para ayudar a esas personas", al mismo tiempo que Molly hablaba ponían todo el dinero sobre la mesa.

Y justo en ese momento Quentín cayó sobre la mesa con todas las otras monedas.

"Ay, eso dolió", dijo Quentín. "Me pregunto en qué pila voy a entrar", pensó.

Dad arrived just in time to see all the money on the table and said, "what on earth are you doing Molly?"

"Oh daddy I'm giving my 10% to God today. Mommy explained to me about how we are supposed to save some for a rainy day, give some to God and then we will always have just enough left over," she squealed with delight as she shared her vision.

"Oh Molly, I am so proud of you honey," said her father.

El papá de Molly llegó justo a tiempo para ver todo ese dinero en la mesa y dijo: "¿qué estás haciendo Molly?"

"Oh Papi estoy dando mi 10% de dinero a Dios. Mami me explicó cómo se supone que debemos guardar algún dinero para un día lluvioso, darle lo que le corresponde a Dios y así siempre tendremos dinero de sobra", Molly gritaba de alegría mientras compartía su visión.

"Oh Molly, estoy muy orgulloso de ti, cariño", dijo su padre.

Mom began counting the money and when she was done she said to Molly, "Ok honey you have $20.50, so let's see; 10% for God is $2.05, and $2.05 for you to save and $16.40 is for you to spend," stated mom.

"Wow, that is awesome mommy. Look at all the money I still have to spend and I can give my part and save some too," she smiled.

Quentin was one of the quarters Molly took with her to church that day. He was so proud to be a part of the giving money.

La mamá comenzó a contar el dinero y cuando terminó le dijo a Molly, "bueno cariño, tienes $20,50, así que vamos a ver; 10% para Dios es $2,05, $2,05 para que los ahorres y $16,40 es para tus gastos", dijo la mamá.

"Wow, eso es increíble mami. Mira todo el dinero que todavía tengo que puedo usar y aún así puedo dar mi parte a Dios y además ahorrar algo de dinero también", ella sonrió.

Quentín fue uno de las monedas que Molly llevó con ella a la iglesia ese día. Estaba tan orgulloso de ser parte del dinero que le correspondía a Dios.

As church began Molly sat very still with her $2.05 in her lap. She was so excited to see the collection basket coming toward her. As she reached in to place the money, mommy and daddy just smiled as they realized what an amazing lesson Molly had learned that day.

Quentin's smile was so big as he landed in the giving basket.

La predicación en la iglesia comenzó y Molly se sentó muy quieta con sus $2,05 en su regazo. Estaba tan emocionada de ver la canasta de la ofrenda que venía hacia ella. Al tiempo en que Molly ponpia el dinero dentro de la canasta, su mamá y su papá simplemente sonreían mientras se daban cuenta de la lección increíble que Molly había aprendido ese día.

Quentín sonreía mientras caía en la canasta de la ofrenda.

He smiled as if to say, "Thanks for letting me be a little part in the giving back to God today."

Molly smiled and whispered, "This is for you God to help the people who don't have as much as I do."

Her smiled was so big that she could barely sit still thinking of how her money would be used in God's kingdom.

Sonrió como si dijera, "Gracias por permitirme ser parte del dinero que le corresponde a Dios".

Molly sonrió y susurró, "Esto es para ti Dios para ayudar a la gente que no tiene tanto como yo".

Su sonrisa era tan grande que apenas podía sentarse pensando en cómo su dinero sería utilizado en el Reino de Dios.

After church was over she ran up to the preacher and said, "Pastor Miguel, would you please be sure that God gets my money today?" she questioned. Pastor Miguel just looked at her then to her mom and dad.

Mom stated, "Today was Molly's first giving of her own money for God's kingdom."

Pastor Miguel looked at Molly with a huge smile and stated, "Oh little one I shall see to that."

Después de que la predicción terminó, ella corrió hacia el predicador y dijo: "pastor Miguel, ¿podrías asegurarte de que Dios reciba mi dinero hoy?", cuestionó Molly. El pastor Miguel la miró y también a la mamá y el papá de Molly.

La mamá dijo, "hoy fue la primera vez que Molly dió la ofrenda de su propio dinero para el Reino de Dios".

El pastor Miguel miró a Molly con una enorme sonrisa y dijo: "Oh, pequeña, me encargaré de eso".

As they left the church the family glowed with joy as they knew how happy God must be with their little girl. "Mommy can we go to the store and spend some of my "left over" money?"

"Sure honey, you have learned a valuable lesson today and I think you deserve a reward, I'll even pay so you can save your own money for something else," stated Dad.

A medida que salían de la iglesia, la familia estaba tan alegre, ya que sabían lo feliz que Dios debía estar con su hijita. "Mami, ¿podemos ir a la tienda y usar algo de mi dinero para mis gastos?"

"Claro cariño, has aprendido una valiosa lección hoy y creo que te mereces una recompensa, incluso te pagaré para que puedas ahorrar tu propio dinero para otra cosa", dijo el papá.

Do you know how to save money?

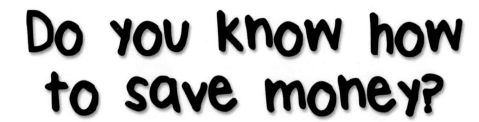

Do you know how to save money? Do you share with others? Quentin loves giving and wants you to learn to give also.

God wants you to know that by giving your 10% to him, you will always be blessed.

Sometimes as children we don't always have money, but do you know what else you can give to God instead?

You can give you time and your talents. If you can sing, dance, draw or have a talent you are still giving back to God.

Also, helping others is giving of your time and God knows your heart as you do that too.

God has a plan for your life.

As you give, always know that God sees your giving and he will give back to you more than you can imagine; you could never out give God.

¿Sabes ahorrar dinero?

¿Sabes ahorrar dinero? ¿comparte con otros? A Quentín le encanta dar y quiere que aprendas a dar también.

Dios quiere que sepas que al dar tu 10% a él, siempre serás bendecido.

A veces, como niños, no siempre tenemos dinero, pero ¿sabes qué más puedes dar a Dios en su lugar?

Usted puede darle tiempo y sus talentos. Si puedes cantar, bailar, dibujar o tener un talento que todavía estás dando de nuevo a Dios. También, ayudar a otros está dando de su tiempo y Dios conoce su corazón como usted hace eso también.

Dios tiene un plan para tu vida.

Como tú das, siempre sabes que Dios ve tu entrega y él te devolverá más de lo que puedas imaginar; nunca podrías dar a Dios.

"A generous man himself will be blessed, for he shares his food with the poor."

Proverbios 22:9

"un hombre generoso será bendecido, porque comparte su comida con los pobres."

ORDER ONLINE AT AMAZON.COM

A complete collection of stories that teach Biblical truths through the eyes of a child.

More books to Come...

Watch for more books to follow including:
Ver más libros a seguir:

— Rocky the rocket dream big.

— Rocky el cohete sueña en grande.

— Sofia the seashell on salvation.

— Sofía la concha en la salvación.

— Tipper the Toybox learns to be helpful.

— Tipper la caja de juguetes aprende a ser servicial.

Student Workbook

Teachers, according to the ages of the children please feel free to allow them to draw, color, write stories, and share their own feelings with the class.

Complete this activity

Do you know what tithing means? Is there a time when you gave to God? Draw a picture of you giving something to God.

Estudiante Libro de trabajo

Profesores, según los años de los niños por favor no dude en permitir que ellos dibujen, coloreen, escriban historias y compartan sus propios sentimientos con la clase.

Completa esta actividad

¿Sabe usted lo que el diezmo significa? Hay un momento en el que dio a Dios? Dibuja una foto de usted dar algo a Dios.

23

Illustrator — ilustradora
Megan Raedy

Megan Raedy is a Michigan native that loves all things Spanish, music, and Jesus! She attended Western Michigan University, where she received her Bachelor of Music in Education and Bachelor of Arts in Spanish. She is currently pursuing her Master's at Michigan State. She enjoys teaching piano lessons, pretending she knows how to cook, and visiting her loved ones at her second home in Costa Rica. Megan is excited to team up with her dear friend, Lisa Todd, to help support children learn more about God's love all over the world!

Megan Raedy es de Michigan y le encantan todas las cosas de español, música, y Jesús! Ella asistió a Western Michigan University, donde recibió sus títulos en la Educación de Música y español. En su tiempo libre, ella disfruta dar lecciones de piano, pretender que en serio sabe cómo cocinar, y visitar a sus queridos amigos en su segundo hogar en Costa Rica. Megan está emocionada por trabajar con su amiga, Lisa Todd, para apoyar a los niños para aprender más del amor de Dios por todo el mundo!

Made in the USA
Lexington, KY
17 December 2019